W0045698

Isabel Abedi

Tante Lisbeth und die Liebe

Isabel Abedi

Tante Lisbeth und die Liebe

Illustriert von Dagmar Henze

Für Robert

ISBN 978-3-7855-7949-7
1. Auflage 2015
© Loewe Verlag GmbH, Bindlach 2015
Umschlag- und Innenillustrationen: Dagmar Henze
Umschlaggestaltung: Franziska Trotzer
Redaktion: Christiane Düring
Printed in Germany

www.lola-club.de
www.loewe-verlag.de

Inhalt

Eine Schlechtenacht-geschichte und eine echte Liebesgeschichte

Wenn meine Tante abends bei mir klingelt, trägt sie meistens ihr geringeltes Nachthemd. Oder ihren Schlafanzug mit Tyrannosaurus Rex. Und natürlich ihre Monsterpantoffeln, denn barfuß darf sie nicht aus dem Haus, das hat Oma verboten.

Obwohl: *aus* dem Haus muss meine Tante eigentlich auch gar nicht, wenn sie mich besuchen kommt. Sie wohnt nämlich in der Wohnung über unserer, und das ist ziemlich praktisch, vor allem wenn meine Tante nicht einschlafen kann.

An diesem Abend war es wieder mal so weit – aber bevor ich weitererzähle, stelle ich uns lieber noch mal ordentlich vor:

Meine Tante heißt Lisbeth und ist die jüngste Tochter von Oma und Opa.

Ich heiße Lola und meine Mama ist die älteste Tochter von Oma und Opa.

Als meine Mama erwachsen war, hat sie mich gekriegt. Und als ich schon ein Schulkind war, haben Opa und Oma noch mal ein Baby gekriegt.

So wurde ich die große Nichte von meiner kleinen Tante Lisbeth.

Die ist jetzt vier und ich bin zwölf. Das finde ich auch ziemlich praktisch, denn in diesem Alter kann ich gut auf Tante Lisbeth aufpassen – und wenn sie nicht einschlafen kann, sogar noch besser als Oma.

Für diese Fälle hatte ich nämlich das Gutenachtgeschichten-picknick erfunden. Das veranstalten wir bei mir im Bett. Pick-nicken darf allerdings nur Tante Lisbeth, denn ich muss die Gutenachtgeschichte erzählen und das geht ja nicht mit vollem Mund. Außerdem muss es bei dem Gutenachtgeschichtenpick-nick dunkel sein, diese Regel findet meine Tante am aller-wichtigsten. Im Dunkeln kann ich natürlich keine Geschichte aus einem Buch vorlesen, sondern muss sie aus dem Kopf erzählen.

An diesem Abend wollte Tante Lisbeth ein Toastbrot mit Honig picknicken, und weil es so dunkel und mein Bett voller Brotkrümel war, erzählte ich ihr das Märchen von Hänsel und Gretel.

Deren Eltern waren so arm, dass Hänsel und Gretel nicht mal Brot *ohne* Honig picknicken konnten, und deshalb wollte die Mutter sie loswerden. Der Vater fand die Idee gemein, aber die Mutter schimpfte so lange, bis er gehorchte. Dann führten die Eltern Hänsel und Gretel in den tiefen Wald und schlichen sich heimlich weg. Die Kinder fanden natürlich nicht mehr nach Hause, sondern wurden von der bösen Hexe ins Knusperhaus gelockt. Die Hexe wollte Hänsel in einem Käfig mästen, bis er dick und fett war, und dann wollte sie ihn in den Ofen schieben und ratzeputz aufpicknicken. Doch die mutige Gretel stopfte die Hexe mit einem Trick in den Ofen. Dann befreite sie Hänsel und ein gutes Entlein zeigte ihnen den Weg zurück nach Hause. Die Mutter war in der Zwischenzeit gestorben und der

Vater war nur noch am Heulen. Nicht wegen der Frau, sondern weil er seine Kinder so vermisste und außerdem Hunger hatte. Aber Hänsel und Gretel hatten zum Glück Perlen und Edelsteine aus dem Haus der Hexe mitgebracht, sodass alle Sorgen vergessen waren und sie glücklich und zufrieden bis in alle Ewigkeit zusammenlebten.

Als ich das Märchen zu Ende erzählt hatte, gab meine Tante keinen Mucks mehr von sich, und im ersten Moment dachte ich, sie wäre eingeschlafen. Aber dann schniefte es neben mir. Ich knipste das Licht an und meine Tante starrte mich mit riesengroßen Augen an.

„Fandest du den Teil mit der Hexe zu gruselig?", fragte ich vorsichtig.

Meine Tante quetschte das Toastbrot in ihrer kleinen Hand zu einem klebrigen Krümelhaufen.

„Die Hexe war genau richtig, denn Hexen müssen böse sein", erklärte sie. „Aber die Eltern, das waren ja wohl richtige Kotzgurken! Welche Mutter schickt denn ihre kleinen Kinder in den tiefen Wald und lässt sie sterben?"

„Im Märchen ist so was ganz normal", versuchte

ich meine Tante zu beruhigen. „Und außerdem ist die Mutter am Ende ja gestorben und der Vater ...“

„Der war ja wohl NOCH schlimmer“, brüllte Tante Lisbeth und fuchtelte mit ihren Klebkrümelhänden in der Luft herum. „So ein heuliger Feigling! Zu dem wäre ich nie und nimmer zurückgekommen!“

Darüber dachte ich ein Weilchen nach und dann musste ich meiner Tante recht geben. Für ihr Alter kann sie ganz schön klug sein.

Leider hatte sie in ihrer Empörung den klebrigen Honigbrotrest über mein gesamtes Bett verstreut. Ich musste erst mal die Laken wechseln und meiner Tante die Hände waschen.

„Und jetzt wird geschlafen“, sagte ich, als Tante Lisbeth wieder unter der Bettdecke lag. „Dein Picknick und die Gutenachtgeschichte hast du jetzt ja gehabt.“

Tante Lisbeth funkelte mich böse an. „Das war eine Schlechtenachtgeschichte“, sagte sie. „Zum Einschlafen brauche ich eine *Gute*nachtgeschichte! Eine, die mit der Liebe anfängt und in der keine Kotzgurken als Eltern vorkommen.“

Das Wort Kotzgurke hatte meine Tante von mir gelernt und sie spuckte es jetzt noch einmal ganz empört aus.

Seufzend wuschelte ich durch Tante Lisbeths blonde Locken, in denen immer noch die Toastbrotkrümel klebten. Dann knipste ich das Licht wieder aus und begann zu erzählen:

„Es waren einmal ein Mann und eine Frau, die hatten sich sehr, sehr lieb. Sie hatten eine Tochter, die liebten sie natürlich ebenfalls. Als ihre Tochter erwachsen war und selbst ein Mädchen zur Welt gebracht hatte, beschlossen der Mann und die Frau, auch noch ein zweites Kind zu machen.

„Und wie haben sie das zweite Kind gemacht?", wollte Tante Lisbeth wissen.

„Genauso wie das erste", sagte ich.

„Und wie haben sie das erste Kind gemacht?", fragte Tante Lisbeth.

„Genauso wie das zweite", sagte ich. „Und jetzt hör auf, mich dauernd zu unterbrechen, denn schließlich ist es meine Geschichte und die will ich jetzt gefälligst zu Ende erzählen."

„Ist ja schon gut", brummelte meine Tante und kuschelte sich in meinen Arm.

„Der Mann und die Frau machten also das zweite Kind", fuhr ich fort. „Und schon bald konnten alle sehen, dass es im Bauch der Frau heranwuchs."

„Die konnten aber nicht alle in den Bauch reinsehen", unterbrach mich Tante Lisbeth wieder.

„Das natürlich nicht", sagte ich. „Aber alle konnten sehen, wie der Bauch der Frau immer dicker wurde. Das lag an dem Baby, das immer weiterwuchs. Und ein bisschen lag es auch daran, dass die Frau immer größeren Hunger bekam.

18

„Auf Honigbrote?", fragte Tante Lisbeth.

„Nein", sagte ich. „Die Frau hatte Hunger auf grüne Weintrauben. Der Mann war schon ganz verzweifelt, weil er sämtliche Supermärkte leer kaufen musste.

Und einmal hat die Frau sich aufgeregt, weil der Mann aus Versehen lila Weintrauben mit nach Hause gebracht hat. Der Mann war nämlich farbenblind.

Tante Lisbeth kicherte. „Aber er war kein heuliger Feigling."

„Natürlich nicht", sagte ich. „Er war ein mutiger Mann, und je dicker seine Frau wurde, desto mehr liebte er sie, obwohl sie irgendwann gar nicht mehr wie eine Frau aussah. Sondern mehr wie eine kugelrunde ..."

„... WEINTRAUBE!", kreischte Tante Lisbeth.

„Ganz genau", sagte ich lachend. „Und dann, eines wunderschönen Tages im Mai, war es plötzlich so weit. Das Baby kam aus dem Bauch der Frau heraus."

„Doch nicht aus dem Bau-hauch!", rief Tante Lisbeth. „Babys kommen aus der Scheide, das weiß ja wohl jedes Kind."

Ich seufzte. Meine Tante wusste wirklich gut Bescheid für ihr Alter.

„Das Baby kam also aus der Scheide", sagte ich, „und im ersten Moment war es lila und sah aus wie eine verschrumpelte Riesenweintraube. Aber dann wurde es gewaschen und abgetrocknet und war das rosigste und süßeste Babymädchen auf der ganzen Welt."

„Sein Name war Lisbeth, stimmt's?", fragte meine Tante leise in die Dunkelheit hinein.

„Ganz genau", sagte ich.

„Und die Eltern", flüsterte meine Tante, „die hätten ihre kleine Lisbeth nie und nimmer in den dunklen Wald geschickt."

„Nie und nimmer", versicherte ich ihr.

20

„Selbst wenn sie nur noch Schimmelbrot mit Käsesocken zum Essen gehabt hätten?", hakte meine Tante nach.

„Selbst dann nicht", beteuerte ich. „Aber zum Glück hatten Lisbeths Eltern sogar Geld für Honig und Toastbrot und für grüne Weintrauben. Die mochte Lisbeth nämlich auch. Aber am liebsten warf sie damit durch die Gegend, und damit sie keinen Kreischkrampf bekam, erlaubten ihre Eltern es ihr. So wohnen sie alle in großer Liebe zusammen und erleben viele Gutenacht-geschichten. Diese hier ist jetzt zu Ende. Hat sie dir besser gefallen als die erste?"

Meine kleine Tante schwieg. Aber diesmal war sie wirklich eingeschlafen. Eingekuschelt lag sie in meinem Arm. Ihr Atem duftete nach süßem Honig und draußen in den Bäumen säuselte leise der Wind.

Wie meine Tante erst ein kleiner Onkel und dann eine stolze Mutter wurde

Ein Sprichwort sagt, aus Kindern werden Leute, aber ich finde dieses Sprichwort ganz schön dumm. Kinder sind doch schon Leute! Sie können sich nur besser verändern als erwachsene Leute – und wie gut sich meine Tante verändern konnte, davon will ich jetzt erzählen.

Dazu muss ich kurz erklären, dass ich einen Freund habe. Sein Name ist Alex und sein kleiner Bruder heißt Pascal. Der hat schwarze Locken, grüne Funkelaugen und ist nur ein Jahr älter als Tante Lisbeth.

Die beiden Brüder kommen in den Ferien immer nach Hamburg. Hier wohnt nämlich ihr Papa – und wir wohnen ja auch in Hamburg. Als ich Tante Lisbeth zum ersten Mal mit zu Alex und Pascal nahm, war meine Tante erst drei und konnte nur *witzig* und *cool* sagen. Aber Pascal fand sie trotzdem klasse. Er zog sie mit sich in sein Kinderzimmer, warf die Tür hinter sich zu und dann wurde es da drinnen mucksmäuschenstill.

Als ich nach einer Weile die Tür wieder aufmachte, stand Pascal auf einem runden blauen Teppich und hatte mir den Rücken zugedreht. Tante Lisbeth sah ich nicht. Aber auf dem Teppich lagen lauter gelbe Fusselflocken.

„Wo ist meine Tante?", fragte ich erschrocken.

Pascal fuhr herum. Er hielt eine Bastelschere in der Hand und grinste mich ein bisschen ängstlich an.

Tante Lisbeth saß genau vor ihm, auf einem roten Plastikhocker. Als ich ihren Kopf sah, wusste ich, was die gelben Fusselflocken auf dem Teppich waren: Tante Lisbeths Locken.

Die hatte Pascal von der linken Hälfte ihres Kopfes ge-
schnitten. Raspelkurz. Die rechte Hälfte war lang geblieben und
die Haare in der Mitte standen senkrecht in die Höhe wie ein
Hahnenkamm.

„Snip-snap witzig", krähte meine Tante und schien ihre
Veränderung ziemlich cool zu finden.

Aber Pascal grinste noch ein bisschen ängstlicher und ich machte mich auf ein ziemliches Donnerwetter gefasst. Das kam dann auch. Von Oma. Die fand die Veränderung ihrer kleinen Tochter nämlich weder witzig noch cool.

„Um Himmels willen", wetterte sie, als ich mit Tante Lisbeth nach Hause kam. Dann schickte sie Tante Lisbeth zu der Friseurin an unserer Straßenecke. Die schnitt dann alle Haare raspelkurz und für eine Weile sah meine Tante aus wie ein kleiner Onkel. Pascal fand das gut, aber meine Tante vermisste ihre Locken plötzlich doch.

„Die wachsen wieder", tröstete ich sie. Tante Lisbeth hatte eins ihrer Kringellöckchen aufgehoben und legte es auf ihren Nachttisch. Am nächsten Morgen sah sie gleich als Erstes nach, ob das Löckchen schon gewachsen war.

„Abgeschnittene Haare können nicht wachsen", erklärte ich ihr. „Aber die Haare auf deinem Kopf, die werden mit der Zeit wieder lang."

Und das wurden sie auch. Als Tante Lisbeth ihren vierten Geburtstag feierte, hatte sie wieder wunderschöne, lange Kringellocken. Ihre Wörterliste war mit der Zeit auch ganz schön gewachsen. Inzwischen kennt meine Tante sogar Fremdwörter, die noch nicht mal ich verstehe. Oder sie schnappt meine Wörter auf und benutzt sie.

„Heute Abend musst du mich ordentlich aufbrezeln", befahl

sie mir, als in der *Perle des Südens* einmal eine Kinderdisco stattfand.

Aufbrezeln heißt schick machen. Eine Kinderdisco ist ein Tanzfest für Kinder und die *Perle des Südens* ist unser brasilianisches Restaurant. Es hat eine richtige Bühne für Musik und gehört zur einen Hälfte Opa und zur anderen Hälfte Papai. So nenne ich meinen Papa, weil er aus Brasilien kommt.

Alex und Pascal kamen auch zur Kinderdisco und ich hatte meine Tante offensichtlich genau richtig aufgebrezelt. Sie trug mein weißes Nachthemd und einen roten Lackledergürtel. Ihre blonden Locken kringelten sich seidig und weich auf ihren Schultern.

Pascal stand vor Bewunderung der Mund offen. Er tanzte den ganzen Abend nur mit meiner Tante. Und als wir nach der Kinderdisco mit Mama nach Hause fuhren, hörte ich, wie Pascal ihr auf der Rückbank ins Ohr flüsterte: „Lisbeth? Willst du mich heiraten?"

Meine Tante sagte: „Au ja!"

Zwei Tage später stand Pascal mit einem großen Blumenstrauß vor Tante Lisbeths Tür und hielt bei Opa um ihre Hand an. So macht man das nämlich, wenn man jemanden ordentlich heiraten will.

„Ich nehme dich gern zum Schwiegersohn", willigte Opa ein und rieb sich kichernd seine Glatze. „Wo hast du denn die schönen gelben Rosen her?"

„Die sind doch rot", korrigierte ihn Pascal. „Hast du Zitronen auf den Augen?"

„Mein Vater hat Achromatopsie", erklärte Tante Lisbeth gewichtig.

„Was ist das?" Pascal warf Opa einen ängstlichen Blick zu. „Ist das ansteckend?"

„Das ist ein Fremdwort", erklärte Opa. „Es bedeutet, dass ich farbenblind bin. Aber ansteckend ist es nicht."

Da war Pascal beruhigt und schon am nächsten Wochenende fand im Wohnzimmer von Pascals Papa die Hochzeit statt. Alex und ich waren Trauzeugen und halfen dem jungen Brautpaar bei den Vorbereitungen. Meine beste Freundin Flo war Pastorin

und meine Eltern, Oma und Pascals Papa waren die Hochzeits-
gäste.

Tante Lisbeth war die schönste Braut, die die Welt je gesehen
hat. Ihr weißes Brautkleid war eine alte Spitzengardine von
Oma. Die hatten wir um sie herumgeschlungen, sodass die
lange Schleppe hinter ihr herschleifte. Für ihre blonden Locken
hatte ich ihr einen Kranz aus Gänse-
blümchen geflochten und Pascal hatte
sich eine coole Haartolle gekämmt. Die
glänzte wie Öl – und roch leider auch
so, denn er hatte dazu das Motoröl
von seinem Papa benutzt.

„Pascal Brücke", sagte Flo
hinter dem Stehpult, das
heute als Altar diente.
„Willst du Lisbeth Jung-
herz als deine Ehefrau
annehmen, sie lieben und
ehren, Freud und Leid mit ihr
teilen und ihr die Treue halten,
bis dass der Tod euch scheidet?
Dann antworte: *Ja, ich will.*"

„Ja, ich will", krächzte Pascal.

„Und du, Lisbeth Jungherz", wandte

Pastorin Flo sich an meine Tante. „Willst du Pascal Brücke als deinen Ehemann annehmen, ihn lieben und ehren, Freud und Leid mit ihm teilen und ihm die Treue halten, bis dass der Tod euch scheidet? Dann antworte: *Ja, ich will.*"

„Jacks", gab meine Tante zur Antwort. Vor lauter Feierlichkeit hatte sie Schluckauf bekommen. „Ja-hacks, ich will."

Da mussten wir alle lachen und die Pastorin Flo sagte zu Pascal: „Sie dürfen die Braut jetzt küssen."

Pascal gab meiner Tante einen langen, innigen Schmatzer auf den Mund, und meine Tante hielt die Luft an, was vielleicht auch an dem Ölgeruch lag. Und dann hielt Opa eine Rede, das gehört nämlich auch zu einer ordentlichen Hochzeit.

„Ich bin froh, so eine bunte und fröhliche Familie zu haben", endete er, bevor wir uns alle auf das Hochzeitsessen stürzten.

Ich hatte Papai bei den Vorbereitungen geholfen. Es gab Hochzeitssuppe und brasilianische Plätzchen. Die hießen Bem Casado und das heißt auf Deutsch *Gut verheiratet.*

Das sind Pascal und meine Tante jetzt auch – und das Einzige, was noch zu ihrem Glück fehlte, waren Kinder. Wie man die macht, musste Tante Lisbeth mittlerweile herausgefunden haben, denn kurz nach Pfingsten lief sie mit einem riesigen Trommelbauch durch ihre Wohnung und sah aus wie ein ausgebeultes Miniwalross.

Normalerweise dauert es neun Monate, bis ein Baby zur Welt kommt, aber bei Tante Lisbeth ging es blitzschnell.

„Es sind Zwillinge", krähte Pascal noch am selben Abend, als er mit zwei Wolldecken aus Tante Lisbeths Kinderzimmer kam. Aus der blauen Decke lugte der Rüssel von Tante Lisbeths Stoffelefant hervor. In der rosa Wolldecke steckte ihr Stoffschwein.

„Wir nennen unsere Zwillinge Babette und Benjamin Brücke", erklärte Pascal feierlich.

„Und Knut mit Blut wird Taufpate", sagte meine Tante. Sie zeigte auf ihren weißen Eisbär, dessen Schnauze sie einmal in rote Marmelade getunkt hatte.

Die Taufe haben wir bis jetzt noch nicht gefeiert, aber so war es gekommen, dass aus meiner Tante in einem einzigen Jahr ein kleiner Onkel, dann eine junge Braut und schließlich eine stolze Mutter geworden ist.

So was sollen ihr die erwachsenen Leute erst mal nach-machen!

Das Feuer und
der Liebesbrief

Tante Lisbeth liebt viele Männer. Von den kleinen Männern,
die ja eigentlich noch Jungs sind, liebt sie natürlich am meisten
Pascal. Gleich nach ihm kommt Lukas Arne. Der geht mit Tante
Lisbeth in den Kindergarten. Mit Lukas Arne war meine Tante
sogar auch mal verheiratet. Aber das ist schon lange her und
hat auch nur kurz gedauert.

Von den großen Jungs liebt Tante Lisbeth Pascals Bruder Alex
am meisten und von den kleinsten Jungs meinen Babybruder
Leandro.

Der älteste Mann, den meine Tante
liebt, ist Opa, denn der ist schließlich
ihr Papa. Aber meinen Papai liebt
sie auch ziemlich doll und kann
ihm das sogar auf Brasilianisch
sagen. In Brasilien heißt es nämlich
nicht *Ich liebe dich*, sondern *Eu te
amo*. Aber bedeuten tut es
dasselbe.

Mohamed heißt der dickste Mann, den Tante Lisbeth liebt. Sein Name kommt aus Afrika und Mohamed auch. Er ist Hilfskoch in unserem Restaurant. Und weil er so dick und so groß ist, nennen wir ihn Berg.

Dann gibt es noch Zwerg. Das ist unser Chefkoch und sein richtiger Name ist Emilio. Aber weil er so klein und dünn ist und weil es sich so gut auf Berg reimt, nennen wir ihn Zwerg.

Ich kann mich nicht entscheiden, wen ich lieber habe, Zwerg oder Berg. Aber ich glaube, Tante Lisbeth liebt Zwerg ein kleines bisschen mehr.

Genau wie mein Papai kommt Zwerg aus Brasilien, doch er

lebt schon lange in Hamburg. Mithilfe von Berg kocht er das leckerste Essen der Welt und jedes Mal wenn Tante Lisbeth wieder zehn Zentimeter gewachsen ist, backt er zu ihrem Zentimeterfest eine riesige Weintraubentorte.

Manchmal besucht Tante Lisbeth Zwerg in der Restaurantküche. Und wenn Zwerg nicht gerade mit Schnippeln, Brutzeln, Backen oder Rühren beschäftigt ist, dann tanzt er einen kleinen Samba mit ihr. Samba ist ein Tanz, der aus Brasilien kommt. Zwerg kann fast so gut tanzen wie mein Papai. Und mit Tante Lisbeth natürlich noch besser, weil Zwerg ja nur dreiundvierzig Zentimeter größer ist als sie.

Zwerg hat fast immer gute Laune, außer wenn er sich mit Berg streitet. Dann kann er manchmal ganz schön meckern. Und an meinem zehnten Geburtstag sind ihm in der Küche tausend Teller aus dem Regal gefallen, da hat er „Merda" gebrüllt. *Merda* ist auch Brasilianisch, aber was es auf Deutsch heißt, verrate ich lieber nicht, denn Opa sagt, es ist kein schönes Wort.

Beim Zwiebelschälen muss Zwerg immer weinen. Das liegt am scharfen Geruch.

Aber einmal hat Zwerg

aus einem anderen Grund geweint und davon erzähle ich euch jetzt.

Es war ein Sonntagmorgen und Tante Lisbeth schloss mit Opa und mir das Restaurant auf. Noch waren keine Gäste da, denn erst mal musste ja das Essen gekocht werden. Berg kam pünktlich zur Arbeit, aber wer nicht kam, war Zwerg.

Dafür klingelte um kurz nach zwölf das Telefon. Opa war mit Berg in der Küche und ich wischte gerade die Tische sauber. Tante Lisbeth kletterte auf den Barhocker am Tresen und nahm den Hörer ab.

„Hier spricht die *Perle des Südens*", sagte sie mit ihrer hohen

Quäksstimme. „Wir haben noch geschlossen, aber Sie können gerne einen Tisch reservieren, und wenn Zwerg und Berg gekocht haben, erwartet Sie ein kulinarisches Picknick aus Brasilien."

Kulinarisch ist ein Fremdwort und heißt auf Normalsprache *köstlich*. Ich musste kichern und dachte, das muss der Anrufer jetzt sicher auch.

Aber der Anrufer kicherte offensichtlich nicht und Tante Lisbeth machte ein komisches Gesicht. Ihre Unterlippe fing ein bisschen an zu zittern und dann rutschte sie vom Barhocker runter und rannte in die Küche zu Opa und Berg.

„Da ist Zwerg am Telefon und ich glaube, er weint."

Erschrocken kamen die beiden zum Tresen gelaufen und Opa nahm den Telefonhörer.

„Ach du liebe Zeit", sagte er. „Das ist ja furchtbar! Wir machen uns gleich auf den Weg."

„Was ist denn passiert?", fragte Tante Lisbeth, als Opa den Hörer aufgelegt hatte.

„Es hat gebrannt", sagte Opa. „In Zwergs Wohnzimmer. Eine Kerze ist umgefallen, genau in dem Moment, als Zwerg auf Toilette war. Als er zurückkam, brannte schon die Gardine. Zwerg hat sofort die Feuerwehr gerufen. Die ist zum Glück auch gleich gekommen und hat das Feuer gelöscht."

„Ist Zwerg auch angebrannt?", piepste Tante Lisbeth ängstlich. Ihr Gesicht war ganz spitz geworden und ihre Unterlippe zitterte jetzt wie verrückt.

„Zwerg ist zum Glück nichts passiert", sagte Opa. „Aber seinem Wohnzimmer geht es nicht so gut."

Vor lauter Schreck wurden wir erst mal ganz still. Dann schlossen wir das Restaurant ab und fuhren zu Zwerg. Der hockte in seinem verkohlten Wohnzimmer und weine. Die Fenster standen weit offen, aber trotzdem stank alles nach Rauch. Die Gardine war abgebrannt, die Wand war schwarz vor Ruß und die Kommode neben dem Fenster war völlig verkohlt. Tante Lisbeth kletterte auf Zwergs Schoß und wischte ihm mit Benjamins Rüssel die Tränen vom Gesicht.

„Du kannst bei uns wohnen", sagte sie. „Am besten übernachtest du mit mir in Lolas Bett. Du brauchst ja nicht so viel Platz – und damit du gut einschlafen kannst, macht uns Lola ein Gutenachtgeschichtenpicknick."

Da musste Zwerg lächeln, aber in seinen schwarzen Augen schimmerten noch immer die Tränen.

„Das ist lieb von dir, Lisbeth", sagte er. „Aber ich übernachte doch lieber in meinem eigenen Bett. Das Schlafzimmer ist ja verschont geblieben und der Schaden im Wohnzimmer ist auch nicht so schlimm."

„Mama näht dir neue Gardinen", sagte ich schnell. „Und von uns bekommst du eine Kommode", sagte Opa. „Wir haben noch eine auf dem Dachboden. Die ist fast so schön wie deine alte. Beim Streichen helfe ich dir natürlich auch."

„Danke", sagte Zwerg leise. Aber er sah immer noch schrecklich traurig aus, und als er auf seine verbrannte Kommode blickte, kullerten wieder die Tränen aus seinen Augen.

„Das mit der Kommode ist nicht so schlimm", flüsterte er und griff in eine Schublade, die offen stand. Er zog einen klumpig vermatschten Rußhaufen hervor. „Aber das hier – das waren Liebesbriefe. Ich habe sie aus Brasilien mitgebracht. Sie sind von einem Mädchen, das Gabriella hieß. Damals war ich noch ein Junge, aber niemals wieder hat mir jemand so schöne Briefe geschrieben wie Gabriella."

„Dann musst du ihr Bescheid sagen", schlug Tante Lisbeth vor. „Du kannst Gabriella doch anrufen und bitten, dass sie dir neue Liebesbriefe schreibt."

Zwerg schüttelte traurig den Kopf. „Gabriella und ich waren

nur einen Sommer
lang ein Liebespaar.
Danach zog sie mit
ihrer Familie fort. Jede
Woche schrieb sie mir
einen Brief. Aber irgend-
wann hat sich Gabriella in
einen anderen Jungen verliebt
und seitdem habe ich nichts
mehr von ihr gehört
oder gelesen."

„Und warum bist du dann
traurig, dass die Briefe weg sind?", wollte Tante Lisbeth wissen.

„Weil so schöne Dinge darin standen", sagte Zwerg. „Und
weil Liebesbriefe etwas Besonderes sind. Wenn damals der
Postbote an unserer Tür klingelte, da hat immer mein Herz
geklopft. Und wenn er einen Brief von Gabriella brachte, dann
hat alles in mir vor Freude gejubelt." Zwerg seufzte vor Kum-
mer und wir seufzten mit ihm.

Als wir nach Hause kamen, war Tante Lisbeth sehr still.
Mama kaufte gleich am nächsten Tag einen schönen Stoff für
Gardinen. Papai und Berg holten die Kommode vom Dachboden und brachten sie zu Zwerg. Opa und ich halfen Zwerg,
das Wohnzimmer neu zu streichen.

„Willst du mit?", fragte ich meine Tante.

Aber Tante Lisbeth schüttelte den Kopf. „Ich habe zu tun",
sagte sie und verschwand in ihrem Zimmer.

Am Abend war sie immer noch dort, und als ich an ihre Tür
klopfte, saß sie an ihrem kleinen Tisch. Auf dem Teppichboden
lagen lauter zusammengeknüllte Blätter Papier und ihr Gesicht
war ganz verschmiert. Ein bisschen von Farbe und ein bisschen
von Tränen.

„Ich kann doch noch nicht schreiben", piepste sie verzweifelt.
„Deshalb hab ich versucht, meine Liebe zu malen. Und jetzt
weiß ich nicht, ob Zwerg mich versteht."

Sie hielt mir das Bild hin, das vor ihr auf dem Tisch lag.

Es sah so aus:

Ich sah das Bild lange an und mein Herz fing leise an zu klopfen.

„Lieber Zwerg", las ich vor. „Du bist der beste Weintrauben-tortenbäcker auf der ganzen Welt. Wenn du mit mir Samba tanzt, dann fühle ich mich wie im Himmel. Ich habe dich sehr, sehr, sehr, sehr, sehr, sehr, sehr lieb. Deine Lisbeth."

Ich schaute von dem Blatt zu meiner Tante. „Kommt das in etwa hin?", fragte ich.

Meine Tante nickte erstaunt. „Woher weißt du das?", fragte sie.

„Weil es dort steht", sagte ich. „Du hast einen wunder-schönen Brief gemalt und ich bin mir sicher, dass Zwerg ihn genauso versteht."

„Und wie kommt der Brief jetzt zum Postboten?", fragte Tante Lisbeth.

„Wir müssen ihn in einen Umschlag stecken", erklärte ich. „Und die Adresse von Zwerg draufschreiben. Und eine Briefmarke draufkleben."

„Hilfst du mir?", fragte Tante Lisbeth.

„Aber klaro", sagte ich.

Ich fragte Oma nach einem Briefumschlag und Opa nach der Adresse von Zwerg. Die schrieb ich zusammen mit Tante Lisbeth auf den Briefumschlag. Tante Lisbeth hielt den Stift fest und ich führte ihre Hand. Es wurde ein bisschen krickelig, aber ich war sicher, der Postbote konnte es lesen.

„Warte", sagte Tante Lisbeth, bevor wir den Brief in den Umschlag steckten. Sie flitzte ins Bad und kam mit Omas Parfüm zurück. Davon sprühte sie eine ziemliche Menge auf den Brief. Denn ein echter Liebesbrief muss natürlich auch gut duften.

Hand in Hand liefen wir zum Postkasten und warfen den Brief ein.

„Und der Postbote bringt ihn auch heute noch zu Zwerg?", erkundigte sich Tante Lisbeth aufgeregt.

„Nein", sagte ich. „Ein Postbrief dauert länger."

„Wie lange?", fragte Tante Lisbeth.

„Einen Tag", sagte ich. „Oder zwei."

Meine Tante seufzte tief. „Und woher weiß ich, dass der Brief auch wirklich bei Zwerg zu Hause ankommt?"

Ich musste lachen. „Zwerg wird sich ganz bestimmt bei dir melden. Du musst dich ein bisschen gedulden."

Das versuchte Tante Lisbeth. Am nächsten Tag fragte sie acht Mal, ob Zwerg sich gemeldet hatte. Am übernächsten Tag fragte sie siebzehn Mal.

Und am dritten Tag fragte sie siebenundachtzig Mal. Am vierten Tag beim Frühstück klagte Tante Lisbeth: „Das ist ja nicht zum Aushalten. Ich rufe Zwerg jetzt an und frage, ob der Postbote meinen Brief gebracht hat."

Aber ehe Tante Lisbeth beim Telefon war, klingelte es an der Tür. Draußen stand ein Postbote und hielt ein großes Paket in der Hand.

„Wohnt hier eine Lisbeth Jungherz?", fragte er.

„Das bin ich!", kreischte meine Tante und hopste auf ihren Monsterpantoffeln auf und ab.

Der Postbote drückte ihr das Paket in die Hand, und als Tante Lisbeth es öffnete, war eine große Honigcremetorte darin, verziert mit lauter grünen Wein- trauben und roten Herzen aus Marzipan. Unter der Torte lag ein Brief. Darin war ein Bild von einem

Männchen mit schwarzen Kringeln auf dem Kopf. In der einen Hand hielt das Männchen einen Briefumschlag, in der anderen ein riesiges rotes Herz. Und auf seinem Gesicht war ein riesiges Lächeln, das reichte von einem Ohr zum anderen.

„Was steht in dem Brief?", wollte Pascal wissen, der uns zum Frühstück besucht hatte. Er sah ein bisschen eifersüchtig aus. „Und von wem ist die schöne Torte?"

„Die Torte ist von Zwerg", erklärte meine Tante, die jetzt auch von einem Ohr zum anderen lächelte. „Und in dem Brief steht: *Liebe Lisbeth, ich habe deinen Brief verstanden und bin sehr glücklich. Meine Liebe zu dir ist auch sehr groß. Dein Zwerg.*"

Pascal machte ein brummiges Gesicht, aber als Tante Lisbeth ihm das erste Stück Torte anbot, beruhigte er sich wieder.

Seit diesem Tag verschickt meine Tante immer mal wieder eine Liebespost an Zwerg und der sammelt ihre Briefe in seiner neuen Kommode und passt gut auf, dass keine Kerzen mehr umfallen.

Tante Lisbeth sucht ein Blutopfer und wird eine tapfere Retterin

Tante Lisbeths Kindergarten heißt Lollypopp. Deshalb nennen sich die Kindergartenkinder Lollypopper, obwohl natürlich jedes Kind auch einen eigenen Namen hat. Zwei Mädchen, die Tante Lisbeth überhaupt nicht liebt, heißen Ann-Sophie und Leonie. Die nennt Tante Lisbeth immer Tuschel-tussis, aber nur im Geheimen, weil Gabi Kohlrabi sagt, eine Tussi ist ein Schimpfwort.

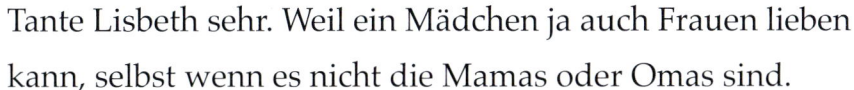

Gabi Kohlrabi ist Tante Lis-beths Erzieherin und die liebt Tante Lisbeth sehr. Weil ein Mädchen ja auch Frauen lieben kann, selbst wenn es nicht die Mamas oder Omas sind.

Von den Kindergartenjungs liebt Tante Lisbeth Lukas Arne am meisten, das habe ich ja schon erzählt. Und am meisten eifersüchtig ist sie auf Bastian Ramon. Der nimmt ihr Lukas Arne nämlich immer beim Spielen weg. So war es auch wieder

an dem Tag, als die Sache mit der Rettung passierte. Aber das erzähle ich jetzt besser der Reihe nach.

Es war ein Montagvormittag und eigentlich wollte Tante Lisbeth mit Lukas Arne Blutopfer spielen. Dazu hatte sie Omas Lippenstift gemopst.

„Ich mal dir rote Flecken ins Gesicht und dann legst du dich auf den Boden", sagte sie zu Lukas Arne.

„Und was soll ich da?", hat Lukas Arne gefragt.

„Blutopfer sein", erklärte Tante Lisbeth und zeigte auf die Holzeisenbahn. „Aus Spiel hätte dich ein ICE überfahren und danach wärst du wohl fast tot. Aber dann komme ich zu deiner Rettung."

„Ich will aber keinen ekligen Lippenstift im Gesicht", sagte Lukas Arne. „Sei du doch tot und dann komme ich zu deiner Rettung."

„Tote kann man nicht retten, du Ignorant", sagte Tante Lisbeth.

Ein Ignorant ist so was wie ein Dummkopf, aber Lukas Arne hasst es, wenn Tante Lisbeth mit Fremdwörtern um sich wirft. Deshalb sagte er zu ihr: „Dann such dir doch ein anderes Blutopfer. Ich stürze mich lieber mit Bastian Ramon vom Thron, das macht viel mehr Spaß."

Der Thron war ein hoher Turm aus zehn Matratzen. Die hatten die größeren Jungs im Toberaum aufgebaut. Davor lagen andere Matratzen, damit die Thronstürzer weich landeten und keine Blutopfer wurden.

Tante Lisbeth hätte sich auch gern vom Thron gestürzt, aber als sie zum Toberaum kam, sagte Bastian Ramon: „Zisch ab. Mädchen haben auf einem Männerthron nichts zu suchen."

„Du bist kein Mann, sondern ein pupsiger Blödjunge", sagte Tante Lisbeth.

Sie ging in den Puppenraum, um dort ein Blutopfer zu suchen. Aber da spielten Ann-Sophie und Leonie gerade Krankenhaus und wickelten sich gegenseitig Klopapier um ihre Köpfe.

„Kann ich mitmachen?", fragte Tante Lisbeth. „Ich habe auch Blut dabei."

Sie zog Omas Lippenstift aus der Tasche, aber Ann-Sophie schüttelte den Kopf und Leonie tuschelte ihr etwas ins Ohr. Dann kicherten sie gemein und Tante Lisbeth hätte ihnen den Lippenstift am liebsten in den Mund gestopft.

Im Bastelraum bemalte Gabi Kohlrabi mit einigen Kindern Giraffenhälse aus Klopapierrollen, aber zum Basteln hatte Tante Lisbeth keine Lust.

Im Hinterhof fand sie auch kein Blutopfer, weil dort alle in der Sandkiste saßen und eine Bäckerei bauten. Für Tante Lisbeth war kein Fitzelchen Platz mehr.

Dann spiele ich eben Verstecken, sagte Tante Lisbeth zu sich selbst. Und weil mich niemand sucht, kann mich auch niemand finden.

Sie versteckte sich hinter den Büschen am Zaun, der die anderen Gärten vom Hinterhof trennte. Hier fanden die Lolly-popper manchmal Regenwürmer und Marienkäfer. An diesem Tag fand Tante Lisbeth in den Büschen nichts dergleichen, aber dafür ein kleines Wunder.

Unter der roten Holzbank ganz hinten in der Ecke hockte ein Meerschweinchen. Es hatte braunes Puschelfell mit weißen Flecken und kugelrunde schwarze Augen, aus denen es Tante Lisbeth anstarrte.

„Ohhhhh", hauchte Tante Lisbeth. In ihr drin wurde es ganz warm und in ihrem Hals juckste und gluckste das Glück.

„Wer bist du denn?", flüsterte sie.

Das Meerschweinchen reckte den Kopf und quiekte. Es klang

wie ein Quietscheentchen mit Schluckauf und dabei sah es schrecklich ängstlich aus.

Tante Lisbeth war plötzlich sehr, sehr froh, dass niemand ihr hierher gefolgt war.

Ganz vorsichtig streckte sie ihre Hand aus. Im ersten Moment war das Meerschweinchen noch ganz starr, aber dann trippelte es plötzlich auf Tante Lisbeths Hand zu. Es hatte ein winziges rosa Näschen und ganz feine Barthaare, die ziemlich doll zitterten. So vorsichtig wie noch nie in ihrem Leben bewegte Tante Lisbeth ihren Zeigefinger und streichelte dem Meerschweinchen über den Rücken.

Es zuckte, doch schon bald darauf hielt es still und ließ sich sogar von Tante Lisbeth auf den Arm nehmen. Oder besser gesagt: in die Hände. Das Meerschweinchen war so klein wie ein Wollknäuel, aber viel, viel wärmer und vor allem lebendiger. Tante Lisbeth hielt es sanft an ihre Brust. „Du musst keine Angst mehr haben", wisperte sie. „Ich werde gut auf dich aufpassen."

Das Meerschweinchen machte wieder Geräusche. Inzwischen klang es wie ein gurrendes Täubchen und gar nicht mehr ängstlich. Tante Lisbeth wäre vor lauter Glück fast geplatzt. Am liebsten wäre sie für immer und immer hier hinter den Büschen sitzen geblieben und hätte das kleine Meerschwein beschützt.

Aber dann hörte sie plötzlich die Stimme von Gabi Kohlrabi.

„Du kannst dich gern hier umschauen", sagte Gabi Kohlrabi. „Vielleicht hat sich deine Munki ja irgendwo im Hof versteckt."

„Was für eine Munki?" Das war die Stimme von Lukas Arne. Und kurz darauf brüllte Bastian Ramon: „Was'n los?"

„Mein Meerschweinchen ist weggelaufen." Dieser Satz kam von einem Mädchen, das Lisbeth nicht kannte. Die Stimme klang ganz gedrückt, so als ob ein großer Tränenkloß dahinter war.

Da fing Tante Lisbeths Herz ganz schnell an zu klopfen und in ihr wirbelten lauter Gedanken und Gefühle umher. Sie wollte sich klein machen, am liebsten unsichtbar, damit niemand sie und ihren geheimen Schatz finden würde.

Aber gleichzeitig wusste Tante Lisbeth, dass dieses Meerschweinchen nicht ihr gehörte, sondern dem Mädchen mit der gedrückten Stimme. Sie hatte es verloren, genau wie Tante Lisbeth einmal Knut mit Blut, ihren geliebten Eisbären, in der U-Bahn verloren hatte. Wie schrecklich traurig sie da gewesen war. Und wie überglücklich, als Knut mit

Blut von einer Frau gefunden wurde, die ihn Tante Lisbeth zurückgab.

„Ich hab dich lieb", flüsterte Tante Lisbeth dem Meerschweinchen ins Ohr. „Aber ich weiß, dass jemand dich noch lieber hat. Und deshalb gebe ich dich jetzt zurück."

Das Meerschweinchen quiekte mehrere Male hintereinander. Jetzt klang es wie ein aufgeregtes Glücksschwein und Tante Lisbeth atmete tief ein. Dann kroch sie hinter den Büschen hervor. Das Meerschweinchen krallte sich an ihrem Pulli fest und Tante Lisbeth fühlte, wie sein kleines Herz wummerte. Aber vielleicht war es auch ihr eigenes Herz.

Gabi Kohlrabi und die Lollypopper standen am Sandkasten um ein fremdes Mädchen herum. Es war schon groß, bestimmt schon ein Schulkind. Aber sein Gesicht war ganz spitz und blass. Die Augen des Mädchens irrten über den Hinterhof und

Gabi Kohlrabi erklärte den Lollypoppern gerade, dass das Mädchen sein Meerschweinchen suchte.

„Ich hab's gefunden", piepste Tante Lisbeth. Aber ihre Stimme wurde von den Rufen der anderen Lollypopper übertönt.

„Kriegen wir Sucherlohn, wenn wir das Schwein finden?", brüllte Bastian Ramon.

„Das heißt Finderlohn, du Ingorant!", rief Lukas Arne.

„Vielleicht ist es ja im Sand verbuddelt!", rief Ann-Sophie.

Das große Mädchen hatte seine Hände fest ineinandergekrampft. Es starrte ängstlich auf die Sandkiste.

Auf Tante Lisbeth sah niemand. Aber sie ging auf das Mädchen zu – mit den winzigsten Schritten, die sie je gemacht hatte. Sie presste ihre Lippen fest zusammen, aber sie schaffte es, ihre Hände zu öffnen. Der Kopf des Meerschweinchens lugte zwischen ihren Fingern hervor.

„Munki!", rief das große Mädchen. „Meine Munki! Du hast sie gefunden!"

Tante Lisbeth nickte, und als sie ihm vorsichtig das Meerschweinchen in die Hände legte, fing das Mädchen an zu weinen.

„Ich hatte solche Angst!", schluchzte es. „Munki ist mir heute Morgen ausgebüxt, als ich ihr Gehege sauber gemacht habe. Eigentlich hab ich Schule, aber ich musste Munki doch suchen. Ich hatte solche Angst, dass sie auf die Straße läuft."

„Dann wäre deine Munki ein Blutopfer geworden", sagte Lukas Arne. Er stand jetzt neben Tante Lisbeth und legte seinen Arm um sie. „Aber meine Freundin hat sie gerettet."

„Danke", sagte das große Mädchen. „Vielen, vielen Dank."

Bitte. Wollte Tante Lisbeth sagen. Doch sie brachte nicht einmal ein Piepsen heraus. So. Genau so hatte sie sich auch gefreut, als sie ihren Knut mit Blut damals wieder in den Armen gehalten hatte. Aber es tat auch weh, das Meerschweinchen wegzugeben.

„Ich bin Lisa", sagte das große Mädchen und zeigte auf das blaue Haus auf der rechten Hofseite. „Ich wohne da drüben. Möchtest du mich und Munki mal besuchen? Wir würden uns so freuen!"

„Darf ich mit?", fragte Ann-Sophie.

„Ich will auch mit!", sagte Leonie. Sie setzte ein klebriges Zuckerwattelächeln auf. „Wir sind nämlich Lisbeths Freundinnen", sagte sie zu Lisa.

Ihr seid zwei dumme Tuscheltussis, dachte Tante Lisbeth. Aber sie sagte nichts und streichelte dem Meerschweinchen zum Abschied noch einmal über den Kopf.

„Wir sehen uns bald wieder, Munki", flüsterte sie.

Das Meerschweinchen fiepte. Dann ging Lisa mit ihm nach Hause.

Alle Lollypopper sahen Tante Lisbeth an.

„Das hast du toll gemacht", sagte Gabi Kohlrabi.

„Willst du unsere Thronprinzessin sein?", fragte Bastian Ramon. „Wir können den Turm für dich auch noch höher bauen."

„Und ich bin gerne dein Blutopfer", sagte Lukas Arne. „Dann kannst du mich so oft retten, wie du willst."

Aber Tante Lisbeth schüttelte den Kopf. Sie wollte jetzt eigentlich nur eins. Mit Gabi Kohlrabi in die Kuschelecke.

Denn manchmal muss man auch selbst ein bisschen gerettet werden. Und das konnte Gabi Kohlrabi sehr, sehr gut.

Als ich Tante Lisbeth am Nachmittag vom Kindergarten abholte, erzählte sie mir die ganze Geschichte. Ich war furchtbar stolz auf meine kleine Tante. Und gleich am nächsten Tag gingen wir Lisa und Munki besuchen.

Wie meine Tante einmal schlechte Zeiten in der Ehe hatte

Die meiste Zeit ist Tante Lisbeths Ehe mit Pascal sehr glücklich. Sie sind auch sehr glückliche Eltern und erleben viele spannende Abenteuer mit ihren Zwillingskindern Benjamin und Babette. Vor allem wenn Sommer ist und sie bei meiner besten Freundin Flo im Garten spielen können. Der Garten ist bei uns im Hinterhof. Einmal sind Pascal und Tante Lisbeth im Dunkeln mit Taschenlampen durch den Garten geschlichen und haben nach gefährlichen Verbrechern gesucht. Und einmal haben Entführer die Zwillinge mit der Netzstrumpfhose von Flos Mutter an den Baum gefesselt. Da haben Pascal und Lisbeth ihre Lieblinge natürlich gerettet.

Im Sommer durften sie sogar in unserem kleinen Zelt unter

dem Wörterbaum schlafen. Der
Wörterbaum ist eine alte Eiche. Darin
hängen lauter Porzellanscherben mit
erfundenen Wörtern. Die hat die alte Dame
aufgeschrieben, die früher in Flos Garten
gewohnt hatte.

Tante Lisbeths Lieblingswörter heißen:

Libellenliebeslied,

Mondstaubwimperntusche,

Murmelgemurmel,

Zinnoberzorn,

Schnuppersternstunde

und *Tautropfenherzklopfen.*

Wenn draußen der Wind weht, dann klingeln die
Porzellanscherben mit den erfundenen
Wörtern leise im Baum.

Oma sagt immer, Scherben
bringen Glück, vor allem in
der Liebe. Aber einmal sind
Scherben durch Tante
Lisbeths Zimmer ge-
flogen. Die Scherben
gehörten zu einem
Glas und darin

war ein Erdbeermilchshake. Das ist eine ziemliche Schweinerei gewesen und hat ziemlich viel Unglück gebracht. Wie es dazu kam und was danach passierte, das erzähle ich euch jetzt.

Es war ein Regentag und eigentlich wollte Pascal mit Tante Lisbeth und den Zwillingen im Garten spielen. Aber dazu war es draußen zu nass. Deshalb kam Tante Lisbeth auf die Idee, mit Pascal das Emanzenspiel zu spielen. Emanzen sind Frauen, die finden, dass Putzen und Kochen auch Männersache ist. Mein Papai kann sogar besser kochen als meine Mama. Die kann nur Pfannkuchen gut. Opa putzt zu Hause immer das Klo und macht jeden Morgen das Frühstück.

Tante Lisbeth hatte an diesem Morgen zwar schon gefrühstückt, aber das war eine Weile her. Sie setzte sich auf ihren Stuhl und legte die Beine auf den Tisch. „Ich bin die Emanze und du machst mir ein zweites Frühstück", befahl sie Pascal. „Ich will Kakao und Leberwurstbrot. Aber bitte mit wenig Butter und die Rinde sollst du auch abschneiden. Danach kannst du unser Klo putzen. Ich putze dafür Benjamin die Nase. Der hat nämlich wieder mal Schnupfen."

„Ich bin doch nicht dein blöder Diener", sagte Pascal. „Das Spiel ist ja wohl total bescheuert."

Zum Glück war Opa zu Hause und erbarmte sich. Er brachte ein Tablett mit Leberwurstbroten und einer Tasse warmem Kakao für Tante Lisbeth. Für Pascal brachte er ein Marmeladen-

brot und einen Erdbeermilchshake. Das ist nämlich Pascals
Lieblingsgetränk.

Opa stellte das Tablett auf Tante Lisbeths Tisch und wünschte
dem jungen Ehepaar guten Appetit.

Aber Tante Lisbeth wollte alle Brote selbst essen, und als
Pascal nach dem Erdbeershake griff, zog sie ihm das Glas weg.

„Faule Ehemänner kriegen nix", sagte sie.

„Du bist ja wohl oberfaul", brüllte Pascal. „Und ein blöder
Geizkragen bist du außerdem. Gib mir sofort meinen Erdbeermilchshake. Den hat dein Papa für mich gemacht!"

63

„Schrei nicht so rum!", sagte Tante Lisbeth. „Du bist ein schlechtes Vorbild für die Zwillinge."

Den Satz mit dem schlechten Vorbild sagt Oma oft zu Opa, wenn der vor dem Fernseher liegt und die Programme hin und her schaltet.

Tante Lisbeth schaltete ihren Kassettenrekorder ein. Den hat sie von mir bekommen und am liebsten hört sie die Geschichte von *Hüpf Hüpf Hopsi Häschen*. Die hörte sie auch an diesem Tag, obwohl Pascal ihr schon eine Million Mal gesagt hat, dass er die Geschichte total bescheuert findet.

Das war meiner Tante aber pupsegal. Sie biss in Pascals Marmeladenbrot und trank einen Schluck von seinem Erdbeermilchshake.

„Köstlich", schmatzte sie. „Möchtet ihr auch ein Schlück-
chen, Babette und Benjamin?"

Das war der Augenblick, in dem Pascal der Kragen platzte.
Natürlich nicht richtig. Das sagt man nur so,
wenn jemand fürchterlich wütend wird.

Wenn Tante Lisbeth fürchterlich
wütend wird, kriegt sie meistens
einen Kreischkrampf. Aber wenn
Pascal so richtig der Kragen platzt, dann
kriegt er kein Wort heraus. Dafür kriegt
er einen Tobsuchtsanfall vom
Feinsten. Und das war auch jetzt
der Fall. Mit einem Satz
sprang er zu ihrem
Tisch, schnappte sich
den Erdbeermilchshake
und pfefferte ihn mit voller
Wucht gegen die Wand.

Es machte *klirr* und
patsch.

Das war also die
Schweinerei.

Das Unglück folgte gleich darauf.

„Ich lass mich scheiden", kreischte Tante Lisbeth. „Hau

sofort aus meinem Zimmer ab und lass dich nie wieder blicken!"

Das tat Pascal dann auch. Ohne ein einziges Wort marschierte er aus der Wohnung. Er klingelte unten bei mir und ich musste seinen Papa anrufen, damit er kam und ihn abholte.

Dann musste ich zu Tante Lisbeth hoch, wo Opa die Schweinerei aufwischte. Er war auch schweinewütend und zu Tante Lisbeths Unglück nicht nur auf ihren geschiedenen Ehemann.

„Dass Pascal mit Gläsern wirft, ist ganz und gar nicht in Ordnung", schimpfte er. „Aber du bist auch nicht unschuldig, junge Dame. So behandelt man niemanden, den man lieb hat."

„Ich habe Pascal nicht mehr lieb", sagte Tante Lisbeth. „Wir sind geschiedene Leute. Für immer!" Dann vergrub sie sich mit Benjamin und Babette unter ihrer Bettdecke und schluchzte. Opa zuckte mit den Schultern und ging in die Küche. Ich blieb an Tante Lisbeths Bett sitzen.

Das Wetter draußen war auch eine Schweinerei. Der Regen

prasselte gegen das Fenster und der Himmel war so grau wie ein nasser Putzlumpen.

„Euer Papa ist weggegangen", hörte ich Tante Lisbeth nach einer Weile unter der Bettdecke piepsen. „Jetzt bin ich alleinerziehend und ihr habt nur noch mich."

Gleich darauf fing sie wieder an zu schluchzen.

„Hey, du", sagte ich und zupfte an ihrer Decke. „Du, hey. Hör doch mal. Wie wäre es, wenn ihr euch einfach wieder vertragt?"

Ich fand diesen Streit nämlich auch ziemlich traurig. Und schließlich war ich nicht nur Tante Lisbeths Nichte, sondern auch ihre Trauzeugin. Ich hatte also Verantwortung. Vor allem, wenn es Leid in ihrer Ehe gab. Und eine Scheidung, die war natürlich das größte Leid, was einer jungen Ehe passieren konnte.

Tante Lisbeth wollte sich aber nicht vertragen.

„Geh weg", piepste sie. „Ich will mit den Zwillingen allein sein."

Da ging ich seufzend nach unten.

Als ich am späten Nachmittag wieder hochkam, saß Tante Lisbeth an ihrem Tisch und malte traurige Bilder von weinenden Wolken. Die Zwillinge hockten unter Tante Lisbeths Stuhl und kuschelten sich dicht aneinander. Benjamin hatte sogar ein Taschentuch um seinen Rüssel geknotet.

„Für ihn ist es am schlimmsten", klagte Tante Lisbeth. „Er sagt, er vermisst seinen Papa."

Dann wischte sie sich über die Nase. „Auch wenn ich ein kleines bisschen doof zu Pascal war, darf der doch nicht mit Erdbeermilchshakes werfen. Darf der doch nicht, oder?"

„Nein", sagte ich und verkniff mir den Satz, dass Tante Lisbeth vor gar nicht langer Zeit mal mit einer matschigen Tomate geworfen hatte. Die war auf Opas Kopf gelandet.

„Es war falsch von Pascal", sagte ich deshalb. Aber so was kann in den besten Ehen passieren. Und ich habe gehört, dass Pascal auch ganz traurig ist."

„Von wem hast du das gehört?", piepste Tante Lisbeth.

„Von Alex", sagte ich. „Er hat mich eben angerufen. Pascal vermisst die Zwillinge und möchte wissen, wie es ihnen geht."

Tante Lisbeth nahm Benjamin und Babette auf den Schoß. Abwechselnd hielt sie die beiden an ihr Ohr. „Es geht ihnen sehr, sehr schlecht", verkündete sie. „Das kannst du Pascal gerne ausrichten."

Seufzend rief ich Alex an. Der richtete Pascal die schlechten Nachrichten aus und übergab mir auch gleich eine Antwort.

„Ich soll dir ausrichten, dass Pascal die Zwillinge heute Abend abholen will", sagte ich zu Tante Lisbeth. „Er möchte gerne, dass sie bei ihm schlafen."

„Benjamin und Babette gehören aber mir", sagte Tante Lisbeth.

„Na ja", erwiderte ich. „Du bist natürlich ihre Mama. Aber wenn Pascal ihr Papa ist, gehören sie im Grunde zu euch beiden."

„Auch wenn wir geschieden sind?", fragte Tante Lisbeth.

„Ja", sagte ich. „Auch dann. So ist es bei Pascal und Alex ja auch."

Ihre Mama lebt nämlich in Paris und nach der Scheidung ist ihr Papa nach Hamburg gezogen. Deshalb haben Alex und Pascal jetzt zwei Zuhause. Daran haben sich die beiden mittlerweile auch gewöhnt. Aber manchmal macht es sie noch traurig. Vor allem Pascal vermisst immer einen von beiden. Seine Mama, wenn er in Hamburg ist. Und seinen Papa, wenn er in Paris ist.

Tante Lisbeth zog die Nase hoch. „Du kannst Pascal ausrichten, dass er die Zwillinge abholen darf", sagte sie. „Aber nur für eine Nacht."

Da ging ich wieder zum Telefon.

Eine Stunde später stand Pascal mit seinem
großen Bruder Alex vor der Tür. Pascal sah irgendwie
kleiner aus als sonst. Aber in seiner Hand hielt er einen
großen roten Herzluftballon.

„Da. Für dich", sagte er zu Tante Lisbeth. „Weil mir
das leidtut mit dem Erdbeermilchshake. Kann ich jetzt
die Zwillinge haben?"

Tante Lisbeth schluckte.

Dann nickte sie.

Dann holte sie die Zwillinge.

Und drückte sie Pascal in den Arm.

Und holte ganz tief Luft.

Und sagte: „Mir tut es auch leid.
Kann ich vielleicht mitkommen
zum Übernachten? Damit die
Zwillinge nicht so allein sind?"

Jetzt schluckte Pascal.

Dann grinste er.

Und dann sagte er: „Aber nur,
wenn du dich nicht mehr von mir
scheiden lässt."

Tante Lisbeth grinste auch. „Hätte ich doch eh nicht gemacht", sagte sie.

Dann bat sie Opa, ihr den Übernachtungskoffer zu packen.

Der Regen hatte in der Zwischenzeit aufgehört. Am Himmel schien der volle Mond, und weil wir noch immer Sommer hatten, war es draußen ganz warm.

„Wie wäre es, wenn wir euch noch mal das Zelt im Garten aufbauen?", fragte ich.

„Dann könnt ihr unter dem Wörterbaum schlafen und Alex und ich machen euch ein Gutenachtgeschichtengartenpicknick."

Das fanden Pascal und Tante Lisbeth beide ganz genau gleich wunderbar. Denn Streiten macht hungrig und Versöhnen erst recht.

Opa baute das Zelt auf und Alex half mir, das Essen nach draußen zu tragen. Es gab Würstchen mit Ketchup, Brötchen mit wenig Butter, grüne Weintrauben mit viel Zucker und eine große Kanne Erdbeermilchshake.

Dann quetschten Alex und ich uns zu der kleinen Familie ins Zelt. Die Zwillinge lagen glücklich eingekuschelt zwischen

ihren Eltern. Im Wörterbaum klingelten die Porzellanscherben
mit den erfundenen Wörtern.

Und weil es draußen so schön dunkel war, erzählte ich die
Geschichte von Babettes und Benjamins Geburt. Die war zwar
nicht erfunden, aber sie fing mit der Liebe an. Und mit der
Liebe aufhören tat sie zum guten Ende auch.

Isabel Abedi wurde 1967 in München geboren und ist in Düsseldorf aufgewachsen. Nach ihrem Abitur verbrachte sie ein Jahr in Los Angeles als Au-pair-Mädchen und Praktikantin in einer Filmproduktion und ließ sich anschließend in Hamburg zur Werbetexterin ausbilden. In diesem Beruf hat sie dreizehn Jahre lang gearbeitet. Abends am eigenen Schreibtisch schrieb sie Geschichten für Kinder und träumte davon, eines Tages davon leben zu können. Dieser Traum hat sich erfüllt. Inzwischen ist Isabel Abedi Kinderbuchautorin aus Leidenschaft. Ihre

Bücher, mit denen sie in verschiedenen Verlagen vertreten ist, wurden zum Teil bereits in mehrere Sprachen übersetzt und mit Preisen ausgezeichnet. Isabel Abedi lebt heute mit ihrem Mann und zwei Töchtern in Hamburg – und genau wie bei Lola kommt auch in ihrer Familie der „Papai" aus Brasilien!

Dagmar Henze wurde 1970 in Stade geboren. Sie studierte an der Fachhochschule für Gestaltung in Hamburg Illustration und hat seither bei verschiedenen Verlagen zahlreiche Kinderbücher illustriert. Genau wie Lisbeth hat Dagmar Henze lange in Hamburg gelebt und kennt sich dort bestens aus. Deshalb machen ihr die Zeichnungen für die Lisbeth-Bücher auch besonders großen Spaß.

Wer ist Tante Lisbeth?

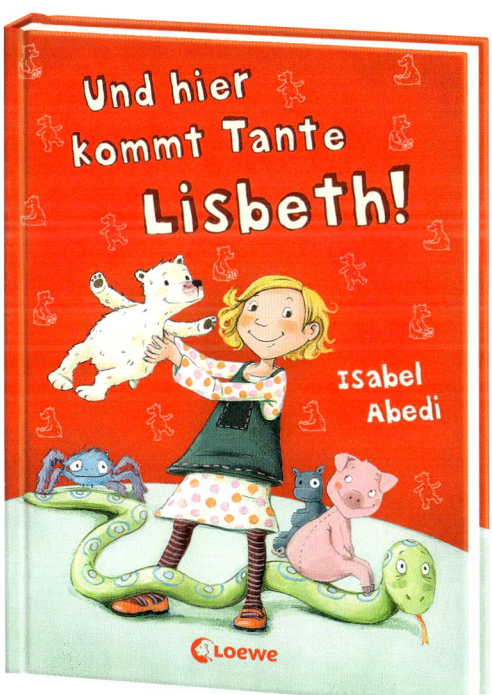

Band 1
ISBN 978-3-7855-7914-5

Tante Lisbeth ist vier Jahre alt und eine richtig echte Tante. Du sagst,
das geht nicht? Dann warte mal ab, bis du Tante Lisbeth kennenlernst.
Sie ist bestimmt die kleinste und frechste Tante der Welt. Ob sie mit grünen
Weintrauben schießt, wilde Wasserdrachen erobert oder im Kindergarten einen
Schlumpfeisstreit erlebt – langweilig wird es mit Tante Lisbeth sicher nie.
Aber was sie alles unternimmt, um ihren Eisbären Knut zurückzubekommen,
das ist vielleicht die schönste Geschichte von Tante Lisbeth …

Komm mit in Lolas Welt!

Band 1
ISBN 978-3-7855-5169-1

Band 2
ISBN 978-3-7855-5337-4

Band 3
ISBN 978-3-7855-5534-7

Band 4
ISBN 978-3-7855-5692-4

Alle lieben Lola! Kein Wunder, denn Lola ist ein echtes Original!
Selbstbewusst, lebensfroh und immer authentisch spiegelt Lola
den Alltag unzähliger Kinder – gewürzt mit einer Prise
Abenteuer und Humor!

Alle Bände:

Band 5
ISBN 978-3-7855-5674-0

Band 6
ISBN 978-3-7855-5675-7

Band 7
ISBN 978-3-7855-5676-4

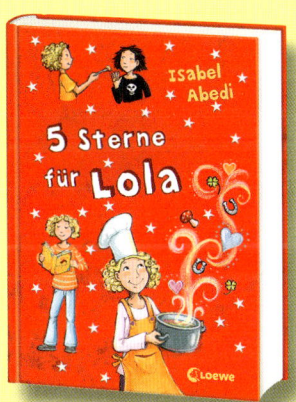

Band 8
ISBN 978-3-7855-5677-1

Band 9
ISBN 978-3-7855-5678-8